JN118368

わが方丈記

林 嗣夫詩集

Hayashi Tsuguo

土曜美術社出版販売

詩集　わが方丈記＊目次

Ⅰ

Ⅱ

Ⅲ

詩集　わが方丈記

I

庭の木陰で

庭の木陰にしゃがみながら、
頭の中で少し整理してみた。

全く当たり前のことではあるが、
この散乱していく日常の中で、
大切に取り上げたい幾つかのこと。

1、 衣食住に直接かかわる基本労働。
　そして教育、 医療。

2、行、とまでいかなくても、
　心掛けたい所為として——
　歩くこと、節食、読書、十分な睡眠、など。

3、詩、あるいは表現として——
　深い写実、直観と想像力。
　一つ一つの存在の輝きに触れること。

以上のことをつづめて言えば、
繰り返し、
ことばといのちに立ち返るということ。
庭の木陰にしゃがみながら、
気が付いたら、

木もれ日の中を蟻の行列が続いていた。
何かに、地を追われているのだろうか。
どこかに、やわらかなコトバの共同体が、
かたちづくられようとしているのか。

割れた花

純白のティッシュペーパーを固く丸めたような蕾が、やおら開きはじめる。そして、開いたと思ったらわずか一日か二日で、あっさりこぼれ落ちてしまう。花などどうでもよかった、とでも言うように。

夏椿。

一年間の、晴れや雨や風の日日。何を忍び、何をめざしてここまで来たのだろう。落ちて割れて、平べったくなった花は、しだいに白茶に色あせながら、地面から上の枝枝を、さらにそのかなたの青い空を見上げている。ほっとした、安らぎの表情で。

ダム湖の道で

その先へは
車を進めることができなくて
ブレーキを踏んだ
花びらが一面に散り敷き
ずっと向こうまで続いている
道路わきの桜の古木が
空へ消えるまで幹をのばし
枝枝はまだ花をまとって
ちらり　ちらりと
光の破片を降らせていた

わたしの助手席にいたひとが
花びらの上におり立ち
ゆっくりと向こうへ歩いていく
幽玄の中へ入り込むように
大きな樹のそばまで行くと
両手を広げ　空を仰ぎ
ここまで来て、と
こちらを振り返った

わたしは運転席に座ったまま
初めて見るひと、
桜の精になったかのような
その姿を見守った

やっとそばに戻ってきたとき
少し冷たくなった右手のひらを
わたしの両手で挟んであげた

それから
かまうもんか、というふうに
ゆっくり車を動かし
みごとな花びらを踏んでいく
ダム湖の北岸に沿う
ほとんど人も通らない古道である

夕日茶房

コーヒーについては
特にこだわりはない
家ではスティックタイプのブラックを使い
時に牛乳やハチミツを添える
「詩の会」の会合の後は
たいてい近くのホテルの喫茶室に行って
みなでおしゃべりをする
そのときは　普通のホット
たまに

ウィンナーコーヒーを注文する

二人で　小さな岬の
崖の上の店に行ったことがあった
店の名は、夕日茶房
そこから見える海の夕日が美しいのだという
そのとき
相手のひとに合わせて　ウィンナーコーヒーをとった
崖の下の波のまにまに
花筏の帯が漂っていた
店にはたしか
セリーヌ・ディオンの歌が流れていた
「口にクリームがついてるよ」
と言って

そのひとはティッシュを用意してくれた
遠い昔のことである

秋

秋になった、
と思ったら
不意に曼珠沙華の大きな波が
足元へ押し寄せる
わたしの膝にタッチして
崩れるように向こうへ去っていく

つづいて　大波小波
花花がつぎつぎと押し寄せて
はしゃぎ

たわむれ
それぞれに会釈して
かなたへと去っていく

秋も少し寒くなるころ
今度は
遠くへ出かけていたわたしのこころが
ようやく　わたしのもとへ戻ってきた
足元の小猫をすくうように
ちぢこまるこころを
抱き上げた

偶成

ある俳句雑誌をめくっていたら
次のような投句があって
はっとした

　麻を着てすいと乳房の軽きこと*

そうか
女性は胸に隠した自らの
重さや柔らかさに耐えながら
生きていたのか

育児　家事労働　さまざまな負荷も
社会の在りようでどうにかなる
しかし　どうにもならないいのちの形
その重力と慣性

それは彼女たちの
世界観のすみずみにまで
ひそやかに
忍び込んでいることだろう

やはり女性を抱きしめたい
もろの乳房の　匂いやかな物理学を

＊「俳句界」'20年9月号別冊付録　麻を着て――高知・田村乙女

「を」という日本語

「あ、をとうとよ、君を泣く、
君死にたまふことなかれ」の
君を泣く——
不思議な言葉である
相手を対象化しながら　同時に
一体化、して意を深めている
わたしたちは　このような
「と」ではなく「を」を抱いて
ひとときを過ごすこともあるのではないか

ある人と　初めて
晩秋の植物園へ行った
池のほとりや
すこし坂になった遊歩道を
寄り添いながら歩いた
カラスウリが木の枝にぶら下がって色づいていた
その人は
カラスウリの夜咲く花のことを話してくれた
フジバカマがもう末枯れていた
わたしは
自分の庭に飛んで来たアサギマダラのことを話した
ムラサキシキブが
きらきら光るたくさんの実をつけていた
ふたりは息をのんでのぞきこんだ

そうして　喫茶室にたどり着き
コーヒーとケーキをいただいた
窓の外には栗の木があって
栗のイガがたくさん落ちている
どれも空っぽのようだった
「植物園を巡る風が
栗の実を盗んでいったのかもしれないね」
すぐ忘れてもいいような
そんな小さな話を交わした

会うことができた　その日
わたしは
確かに
きみ「を」生きよう、としていたのだった

そんな冬の日

朝起きて庭に出たとき
なぜか
あたりの様子に落ち着きがない、
といった日がある
山茶花がいら立っている
散っていくことに納得できないみたいに
ほうきやばけつ
庭仕事の道具類が
背を向け合ったり　ひねくれたり
どうしたの、みなさん、

と声をかけてあげたいのに
わたしののどまでが
こわばっていて

ところが逆に
部屋の中の花瓶やカーテン
積み上げた本　ペットボトル
散りしきる庭の山茶花
立てかけた自転車
それらが寄り添い　なじみ合い
ひそやかな対話を交わしているときもある

そんな暖かい　冬の日
なつかしい気配で

生が
死が
ぐうっとわたしに接近してくる

風紋

午前四時ごろ目が覚めて
そのまま布団の中で
いろいろ思いを巡らせているうち
眠れなくなった

枕元のスタンドをつけ
両の手を顔の上にかざしてみると
まあ
腕にはさざなみの　細かい皺(しわ)

数えきれないほどの季節が
この指や　てのひら　腕のあたりを
吹き過ぎていったのだ
親しい仲間や恋人たち

届いた手紙や箱類も
この皮膚をすり抜け　転がり
砂あらしのように
かなたへ去っていったのだ

何一つ
抱きとめることができなかった
両の腕
残された　わたしという風紋

白い雲

気がついたら八十歳を越えていた
それがどうした、ということだが
さすがに世界が緩みはじめている

時間というものが
水のように透明で柔らかだったのに
いま砂つぶのように音をたてている

ことばはせわしなく湿ったり　乾いたり
想像力も　on　off　on　off

とぎれとぎれに散っていく

ところがある日　空を見上げたら
ただ浮かんでいるだけの白い雲が
初初しい姿で輝いていた！

こんな日も　あるにはあるんだなあ
そばにひとがいて
手をつなぎたくなるような

詩を書いてみよう

ある日
玄関先で転んで　すねを打ったとして
そのときは起き上がりながら
短歌として
リズミカルに悲しみ
あるいは俳句や川柳として
くっくと笑ってみよう

ある時
うっかり皿を取り落として割ったなら

あわてる前に
皿の破片の散りぐあいを
偶然が造り出した足元の小宇宙を
詩として眺めてみよう
まど・みちおは　その名手である

いま　この世で
苛酷な競争にさらされ
さらに厳しい法で縛られ
追いつめられ
つい　問答無用の仕打ちに出たくなったら
一日　抑えて
例えば「アンネの日記」を読んでみよう

「まだ、美しいものが残っています」
と彼女は記した（'44・3・7）
わたしたちは　いつも
季節の光と風につつまれている

不可視のもの

触ってはいけないものに
触っていた
そのことに　やっと気が付いた、
とでもいうように
曲の終わったピアニストが
鍵盤から
ゆっくりと　指をあげる

何かを求めて
一つ一つ言葉をさぐり

言葉を拾い
また拾い直しながら進んでいたものが
もうこの先へ踏み込んではいけない
不可視のもの、の広がりを感じて
机の上に
そっとペンを置く

そのような
詩の最後の一行に　たどり着きたい

Ⅱ

血液

なんだろう
血液という　恐ろしいもの
血液という　赤いようで暗いもの
血液という　重いもの　顔のない生きもの
わたしの内の底知れない沼……

いやいや
それは錯誤だ
立ち止まって　空を確かめ
ゆっくりと呼吸してみよう

深く吸い込み　静かに吐き出し

血液という　親しい他者
血液という　鮮明な方向性
血液という　あなたとわたしを結ぶ声
この世のすべてを包み
物質を超えてとび立つ響き……

もう春が訪れている
わたしの庭でもヤブツバキが
蕾をそっと　ほどき始めた

無題

年を取ったせいだろうか
骨やら肉のことが　気にかかる

骨が先か肉が先か　そのどちらが大事なのか
そんな二元に考えるのは意味がないが
しかし　最後に残るのは骨のほうである
ホラホラ、これが僕の骨だ、*
というふうに

骨のある生きものと　ない生きもの

その人生観　宇宙観は全く異なるだろう
骨は寂しいから　花としての肉を求める
肉は花を生きるため
骨という規範を必要とする

骨のない生きもの　昆虫　なめくじ……
なんだか切なさの固まりのようでもあるが
何を思って生きているのだろう

＊　中原中也

来訪者

「へんてこな生きもの」
を最近のテレビで見た
熱帯雨林の奥の奥や
光も届かない深海の底に棲むという
色　形　姿　生態
想像を超える　不思議な生きもの

それで思い当たるのだが
わたしという存在の
意識の光も届かない暗い底にも

異形のものたちが棲んでいるのではないか
そんな気配を感じることがある
実は　昨夜——

玄関の戸をトントンとたたく音がした
出てみると
一人の女性が幼児を背負って立っていた
愛くるしい様子だが
顔はぬっぺり　目鼻があるように思えない……
「この子が
あなたのところへ連れてって、と言うもんだから」
どこかなじみのある声で
女性はつぶやいた

井筒俊彦「大乗起信論の哲学」の中に
次のような記述がある
「人は己れ自身の一生だけでなく、
それに先行する数百年はおろか、
数千年に亙って重層的に積み重ねられてきた
無量無数の意味分節のカルマを
払い捨てなければならず」
カルマとは　業（ごう）のことである

不思議な来訪者から一夜が明けて
ともかく新しい風に当たろうと
庭に出た
朝早い植込みには
咲いたばかりの純白の花をたくさんつけた木槿（むくげ）が立っていた！

この花花の輝きから
一日を始めたい

祇王、あるいは「文体」について

君をはじめてみるおりは千代も経ぬべしひめこ松
十六歳の見目うるわしい仏御前が
歌いながら清盛の前で舞をまう
その見事さに
清盛はその場でこの白拍子に心を移し
これまで「最愛」してきた祇王を
暇にしてしまうのだ

いつかこうなる身だと覚悟はしていたものの
さすがに昨日きょうとは思いよらず

「一樹のかげにやどりあひ、おなじ流れをむすぶだに、
別れはかなしきならひぞかし。ましてこの三とせが間、
住みなれし所なれば……」
去っていく部屋の掃除をし
祇王はふすまに一首を書きつけた
　もえ出づるも枯るるもおなじ野辺の草
　いづれか秋にあはではつべき

毎月おくられていた百石百貫も絶え
母、妹と三人　家にこもって泣き暮らす
いっぽう　仏御前も
祇王への心遣いから心は晴れない
清盛は祇王を呼び戻そうとするのだが
すでに心は決めていた

「たとひ都をいださるるとも、歎くべき道にあらず。
たとひ命をめさるるとも、惜しかるべき又我身かは。」

母は清盛の追及をおそれた
かといってこの歳で
都の外の「岩木のはざま」で過ごすのも厳しい
身を投げるのはましてつらい
母と娘の相剋
結局　都を出て
嵯峨の奥の山里に「柴の庵をひきむすび」、
となるのだった
幾月か過ぎたある夜のこと
そこへ　あろうことか
尼の姿に身を変えた仏御前が訪ねてくる、

というのが平家物語の筋である

ここまで読んできて、わたしの俗っぽい所感を少し。

1、百石百貫が絶えたあと、彼女らに貯金はあったのだろうか。持ち家はどうしたのか。人はパンだけで生きるものではない、とは言うものの、これだけ世の身過ぎに触れようとしないのも、不思議なことだ。

2、「岩木のはざま」「柴の庵をひきむすび」等等、まことに抽象力の効いた表現である。こまごましたことは、すべてうち捨てている。ふりかえってみると、わたしも幼いころ、四万十川の山奥の「岩木のはざま」で暮らしていたのだった。

3、祇王にしろ仏御前にしろ、二十歳前後の若い女性が、こんなにも志を保ち、覚悟を決めて生きていたのは、平家物語当時の、「文体」のなせるわざなのだろうか。

すずしい宇宙

台風や洪水に打ちくだかれ
竜巻にたたきつぶされた屋根や壁や
家具類の散乱を見るにつけ
こんなごみ同然のがらくたの中に
わたしたちは生きていたのか
これが万物の霊長たる人間の
終の住処だったのかと
情けないやら
かなしいやら

もっとシンプルで
丈夫な住処を持つ生きものたちが
たくさんいるというのに
例えば細長い草の葉一枚を折りたたんで
簡素な三角柱の形の部屋に住む　蜘蛛
高い木の幹に穴をあけ
そこからこの世を眺望する鳥や小さな獣たち
あるいは北へ　また南へと
はるかな旅を栖とする蝶もいる

「聖老人
あなたは　この地上に生を受けて以来　ただのひとことも語らず
ただの一歩も動かず　そこに立っておられた
それは苦行神シヴァの千年至福の瞑想の姿に似ていながら

苦行とも至福ともかかわりのないものとして　そこにあった
ただ　そこにあるだけであった」
と屋久島の詩人が詠んでいる

ひたすらに光を求めて千年を生きる
杉　ブナ　ヒメシャラ……
彼らの住処は
すずしい宇宙である

＊　屋久島の詩人——山尾三省「聖老人」

隠喩について

ものごとを見るとき
無意識に
自分（にんげん）を基準にして見るものである
「大きな岩が転がっている」というとき
自分よりも大きい、ということだし
岩さえも人間味を帯びている
「樹がざわめいた」も同じこと
樹はすでに「樹」を超え
岩に語りかけようとさえしている

金子光晴の「くらげの唄」を読んだ
「ゆられ、ゆられ
もまれもまれて」と表現している
「夜は、夜で
ランプをともし。」とも
発光クラゲのことだろう
初めから終わりまでクラゲの生態を書くのだが
気が付いたら
にんげんのことを書いていた
あるいは
にんげんのことを書こうとして
つい　クラゲのことを書いてしまった

にんげんの言葉

いや　言葉というにんげんが見るかぎり
凡ては　にんげんの姿をとる
——そのとき病人が不意に、
「あら、お父様」とかすかに叫んだ。
私は思わずぎくりとしながら彼女の方へ顔を上げた。私は彼
女の目がいつになく赫（かがや）いているのを認めた。
富士見高原療養所のベッドの上で
死を予感する節子は
夕日の移ろいゆく八ヶ岳の山ひだに
父の横顔を発見した
こんな影にまで　心の裡（うち）で
父を求めていたのだろうか、と婚約者の「私」
『風立ちぬ』の切ない場面である

一本の線

ニュートンはどのようにして
万有引力にたどり着いたのか
冬の日
部屋の中でコーヒーを飲みながら
そんなことを考えてしまった

俗説では
リンゴが木から落ちるのを見て、という
おそらく
それは真実だろう

天文学や数学の理論が頭を占め
日常のさまざまな事象が胸に蓄積し
ある日　不意に
例えばコーヒーカップを取り落としたのをきっかけに
この世に遍在する「引力」に
気付いたのである
刑事の勘のようなものである

考えてみればそれは〈詩〉の顕現にも通じる
詩とは
身の回りのもろもろの事象を貫く
一本のリアルな線のことである
中原道夫にこんな句がある
　口寄せに呼ばれざる魂雪となる

いま目の前に降りしきる雪
次次と湧き出ては消えていくこの白いものの正体は何か
そう
呼び出されることのなかった多くの死者の魂が
いっせいに純白の姿をとって現われているのだ
この　雪の村を説明する美しい一行が
不意にやってきたのである
美しい説明——それは詩であり真実である
ニュートンの万有引力の場合も
コーヒーカップの落下ではなく
始原　アダムとエバを引き寄せ
二人を大地に引き付けたリンゴの話として
語られてきたのだ

いまわたしは部屋の中で
らちもないことばかり考えている
庭では　光をまといすぎた水仙が折れている
若い人たちは街に出て
イベントを楽しみ　ネットを泳ぎ　おいしいものを食べ
かと思ったら
突然の悪疫に追い散らされている
身の回りの　これらの事象を貫く言葉
それにつかまって空を飛ぶこともできる
確かな一本の線とは
何だろうか

俳句に行き合う

1、歴史――

生きかはり死にかはりして打つ田かな

この一行に尽きるのではないか
産業革命も
人権宣言も
まず田がなければ成り立つまい
平地はもとより
山の傾斜地までも切り拓き
水路と石垣を築いてきた

途方もない生死のドラマ
永劫回帰
そこにはトンボ　サワガニ　オオルリや毒蛇
風や月までも
姿を現わしてきたことだろう
棚田に幸あれ

2、哲学――
銀杏散るまつたゞ中に法科あり

大学の構内だろう
しかしどこか叙景を超えている
「散る」という驚き　「ある」という不思議

古生代から生きのびるイチョウの
盛んな果実と
みごとな黄葉
その間に見えるのは
工科でも医科でも経済でもなく
法科である
森羅万象
飛花落葉のまっただ中に形をみせる
普遍の「法」
きっぱりとした言葉のたたずまいに行き当たる

3、詩——
陰干しにせよ魂もぜんまいも

魂とやらを
むしろの上まで引きおろす
ぜんまいは
寂光土から摘み採ってきた
湿りすぎたら腐りやすいし
日干しにしたら固まって
大事な香りがとんでしまう
「陰干しにせよ」
どこからか聴こえる　一者の声
耳を澄ませよう

＊　1、村上鬼城　2、山口青邨　3、橋　閒石

立っている、1行

若いころに吉本隆明の詩を読んで
ほとんど理解できなかったのだが
たった一箇所だけ
心から離れない1行があった
『転位のための十篇』の一つ
「ちひさな群への挨拶」の中の
　ぼくがたふれたらひとつの直接性がたふれる
なぜだろう　ここに引っかかったのは
大岡信がこの詩集について述べるところの
「所々に閃めく断言命題の

悲愴な感傷性の魅力」だろうか*

いくつもの季節が過ぎるなか
いまではこの1行を
自分なりに受け止めることができる
ただし
吉本からは少し引いた表現で
　直接性を通して私はわたしにたどりつく

「直接性」とは　直接経験
観念を突破して
この世（存在）の脈動にじかに触れること
その痛みや喜びを共振すること

今年も
肌寒い「3・11」が巡ってきた
大切な家族を
津波に呑み込まれてしまった人たち
声をつまらせて　癒えない悲しみを語る
顔を両手で覆って　立ち尽くす
彼らに寄り添おうとしてきた多くの人たち
その交流の中での
ささやかながらも尊い喜びを語る

経験を通さなければ分かりようのない
震えるこの世――
みな　それぞれの「直接性」を抱え
個として　1行として

早春の風に
立っているのだった

＊『吉本隆明代表詩選』（思潮社、'04年）

「物」について

みなさんは、「物」を見たことがあるだろうか。いやいや、こんな問いをいきなり突きつけるのは、ぶしつけである。当然のことながら、みんなふとした折に「物」を見かけ、かすかに心を動かし、しかし日常の雑事にまぎれて、そこに立ち止まるまでには至らなかった、ということだろう。そこで、わたしが最近「物」に行き当たった例を紹介し、何かの参考にしていただけたら、と思う。

ある日の午後、少し部屋の空気を入れ替えようと戸を開けて、庭のあちこちに目をやっていたら、向こうの片すみに何やら白っぽいものが置いてある。一瞬、何だろうと思ってそこに視線を止めたのだが、すぐに了解がついた。浴室で体を洗うときに座る、プラスチック製の小さな腰掛けだった。この家を建てた時から使いつづけてきた道具の一つである。こちらも年を重ね、体の動きも悪くなったため、もうすこし座りぐあいのいい高めのものにしたいと、妻が新しい製品に買い替えて、古いのを外に出してあるのだ。

桜や夏椿の病葉が散り敷く晩夏の庭。そこに置いてある白っぽい道具。いや、もはや道具であることから解放され、放逐された、ただの名もない「物」……。見ているうちに、それが不思議な「気」のようなものをまとっていることに気がついた。まず、置かれている場所が違う。本来、在るべき浴室から出されて、見知らぬ場所、見知らぬ文脈に置かれ、見知らぬ風にさらされている。その「物」は、自分がなぜ、何のために、今ここに在るのか、その存在の「意味」を全く見失っている。そこからくる、とまどい、あるいは狂気というか。

ちらと思い出すことがある。昔、どこかの国で、一つの白い便器が美術館の展示室に置かれ、耳目を集めたという。ぴかぴかのその便器は、文脈（意味の流れ）の違う場所に置かれ、どんな「気」を発散していたのだろう。気どりか、気負いか。それとも何か。しかし、わたしの庭の腰掛けは、それとは違う。そんな作為はない。四季の移りと同じほどの時の流れの中にあり、いわば自然体である。

これまで長いあいだ、浴室で家族に親しまれ、まるで空気のようになじみ合い、特に意識し合うこともなく一つの使命を果たしてきた。いまようやく、道具としての名を終え、言葉以前の、いや言葉以後の、ただの「物」にまで行き着いている。それは安らぎだろうか。思い出だろうか。悔恨だろうか。諦念だろうか。やはり狂気だろうか。

ただの「物」、と表現してきたけれど、これは正確な言い方ではないかもしれない。道具としての名をほどいたあと、別の新しいいのちを宿したのではなかろうか。古来日本人が、「物の哀れ」と言い、

「物の気（け）」と呼んで心をとめてきたのは、多くの年月を経てきた「物」たちの、密かに宿すいのちに対して、共感や畏怖を抱いたからではなかろうか。「物」は、はかり知れない深層を育ててきたのだ。

それならば、今回わたしが気づいた庭のかたすみの、一つうずくまる白っぽい腰掛けのことを、詩作品として書きとめることができるかもしれない。いま書いてきたこの文章の、あちこちをカットして飛躍させ、行分けにし、リズムを整え、さらに思いを深めるところはないか、「物」と語り合っておくことはないか、よく点検して。それは、この世で次第に劣化し、割れ、すり減り、あるいは焼却され、消滅していく「物」たちを、永遠のいのちとして救い出す方法でもある。

Ⅲ

わが方丈記　1、怪物

まど・みちおの詩
「ひこうき」を思い出した

にんげんが
にんげんだけのために　つくった
おおきな　おおきな
ひこうき

こんなに　おおきくて
だれかに

しかられや　しないかしら

香港や台湾などを観光してきた
大型クルーズ船ダイヤモンド・プリンセス号のことである
確かに　巨大な怪物のようである
横浜港に接岸できず
沖合で緊急検疫を行っている
乗客乗員三七〇〇人！
こんなにたくさんの人が
一つの容れ物に乗って
板子一枚下は地獄の海に浮かんでいる
これ何？

中国を中心に

数万人にまで感染を広げる新型コロナウイルス
生物学の福岡伸一氏は述べる
「病気の名前の前に〝新型〟が冠されたときは
（喫緊の対策はもちろん重要だが）少し引いた、
より広い視点も必要ではないか。思い出される
のは〝新型〟ヤコブ病の事例である。」
（朝日2／6「〝新型〟の病という報復」）

ヤコブ病はかつて狂牛病として発生
牛の脳がスポンジ状に侵され死に至る
安価な飼料として
家畜の死体から作った肉骨粉を食べさせ
もともと羊の病原体だったものが
牛に移り

人に移り
〝新型〟の奇病になった、と
「にんげんだけのために」
草食動物に肉食を強制する
横浜沖のクルーズ船も
人間だけの利便性を追求する中で現われた
もう一つの
ゴジラ、ではないか

わが方丈記　2、幼い人よ

終息のみえないコロナウイルス
日本列島をカーブして襲う　いくつもの台風
それだけならまだしも
地上の人人の争いは　どうしたこと
実態もつかめない暴言　虐待　詐欺
さまざまな強者の粉飾　さらに
アウシュヴィッツ以後の戦争とは！
知床遊覧船の無謀なども
一事業者の責任だけでは済まされまい
近代的自我、という言葉があるが

その欲望の肥大と他者（倫理）の欠如は
こんなところまで行きついたのか

あれやこれや　悶悶としながら
一日わが方丈の部屋にこもっていたら
四時すぎ
小学校へ行く孫娘が帰ってきた
玄関で手を消毒　まっすぐに冷蔵庫へ行き
アイスキャンデーを一本つかみ出す
それから階段に仕掛けたハンモックに入って
揺れながら　スマホを開いた
末法の世としか思えない今、ここを起点として
夢を紡ごうとでもしているのか

幼い人よ
いましばらくそうやって耐えなさい
わたしもいつか世に出て
新しい政策を展開する夢を見ているんだよ
一、災害救助はもちろん、育児、介護、医療を自衛隊の主な任務に加え、緊急時の生命を守る。
二、里や浦を過疎に追いやるという、日本の風土に逆行した政策を突破し、農林水産業を中心とする企業を地方に誘致して雇用を計る。
国鉄や郵政を分割、民営化したのだから
一方で
桃源郷を実現する施策があってよい

わが方丈記　3、不登校

朝刊の見出し――
「'21年度小中学校の不登校急増　24万人」！
その理由は
「無気力・不安」49％
「生活のリズムの乱れ」
「いじめを除く友人関係」それぞれ約10％
いじめの件数も実は多い

なぜそんなに　学校をいやがるのだろう
わたしの推測だが

「学力向上」に追い立てられ
教師自身が小説や映画や歴史や宇宙や数学や世の中の出来事などの
面白い話ができないこと
「14歳からの哲学」、
がくじけているためではないか

しかし
勉強や哲学がきらいでも
友だちに会えるのが楽しい、
というのがふつうの子供たちである
「無気力・不安」というのなら
そうなった本当の原因は何なのか
そこが知りたい

わが方丈の部屋にこもって
つらつら思いを巡らせているうち
またも新聞の見出しに驚いた
「戦後日本の安保転換
　敵基地攻撃能力保有」！

ここにきて
一つ納得するものがある
「敵基地」という毒性の強い共同幻想が
少しずつ　用意されてきたのだ
その不穏の気配を
やわらかい生徒たちの嗅覚は
すでに教室の中にキャッチしていたのだろう

わが方丈記　4、年賀状

マイナンバー　ナンマイダーと　聞き違え
弟から来た年賀状には　この一句
まことに
彼らしい遊びである
しかし読み返してみると
どこか意味深長でもあるような

話は全く変わるが
たまたま辞書で「資本」を引いたら
「土地、労働と並ぶ生産の三要素の一つ。

マルクス経済学において
自己増殖する価値の運動体。」とある
この　「自己増殖」が気にかかる

近ごろ
自己増殖するものが多い気がする
コロナウイルスから始まって
鳥インフルエンザ
コントロールしきれない生産と廃棄
本来必要のない物や情報の氾濫
人人の荒立つ騒ぎ……
密かにうごめき　増殖していく「資本」と
どこか連動しているのではないか

いっぽうでは　競り出され
難民化していく人たちが増えている
固有名は薄れ
飢餓にさらされていく
ひょっと
阿弥陀如来が姿を現わすかもしれない
ナンマイダー

わが方丈記

5、無一物

春なのに、である
無差別の無残な殺し合いが
まだ止められない

ほんとうは　みんな知っているのだ
この地上のどこかに
食べ物がなくて困っている人がいたら
余裕のある国が助けてやればいいんだと
あるいはほかのことで困っているのなら
関係する国国の代表が集まって

ゆっくり話をすればいい
いきなり人を殺すことはないんだ、と

わたしたちの目ざすべき道は
すでに　先人によって
究められているのではないか
例えば映画「モリのいる場所」にも
いい場面があった
山崎努が演ずる画家・熊谷守一のところへ
商売気のある人物が
家の看板を書いてほしいと頼みに来た
衆目の集まる中
守一はゆっくりと書いたのだ
「無一物」

そう
本来無一物――
わかりやすいイメージに翻案すれば
わたしたちは
植物たちの生きている美しい姿に
一歩でも近づくことである
らんまんと
密やかに

わが方丈記

6、蚊

昔　大学で経済学を受講したことがあった
内容はまるっきり覚えていないが
教授のちょっとした一言だけ
未だに心に残っている
「景気を良くする一つの方法
まず蚊を大量発生させること
次に殺虫剤を製造し販売する」

なるほど
例えば食べ物を大量に売りつける

これでもか、これでもかと
腹八分をこえて　腹十分、十二分と宣伝する
生活習慣病にかかったら　それは自己責任
今度は新薬や栄養食品を存分に提供する――

近頃　ブラック企業だとか
闇バイトだとか
そんな言葉をよく聞くが
これも成長戦略の中で発生した
けっこう相性のいい「蚊」ではないか

というのも
「ブラック」や「闇」のほんとうの原因は追及されないで
その対処方法

つまり取扱説明書だけが
流布されている

わが方丈記　7、チラシ

昔　わたしが幼い頃
年寄りたちは朝起きたら
顔を洗い　手を拭いて
日の出に向かって拝んでいた

今　そんなことをする人はいない
朝起きたらまっ先に
新聞にはさまれた分厚いチラシをめくり
一円でも安い店に走ろうとする

人の姿は　こんなにも変わるものか
いや、姿などあるのだろうか

例えば今日の朝刊には
「新任教諭　増える退職
　目立つ精神疾患——」
との記事があった

かつて小中学校の先生は
人格形成期の子供たちを導く者として
あこがれの仕事の一つであり
聖職者とまで言われたことがあったのに

やはり世の中　どうかしている
「チラシ」が　何かを傷つけている

わが方丈記　8、ＡＩ

人口知能・ＡＩという
まことに忠実な働きもの

残念ながら死ぬことがないから
旬のトマトも　鮎の塩焼きも知らない

恋することがないから
柔肌の熱い血潮も別れのつらさもない

季節の大きな到来がないから

花とも　銀河とも　無縁

ところで
開眼供養は執り行われたのだろうか
ＡＩに心を寄せる
ニンゲンという　うつろ

わが方丈記　9、観光ツアー

これまで生きてきた
たくさんの動植物が
人間の都合で絶滅している
これまで生きてきた　たくさんのいのちが
商品となり
消費され
廃棄されている

また
こんなニュースも届いている

一九一二年に沈没した豪華客船　タイタニック号
その残骸を見る観光ツアーで
五人が乗った潜水艇が
行方不明になったという
もう酸素も尽きる時間だという
しかし　待てよ
「観光ツアー」とは何だろう
あえて海底の残骸に近づくのなら
一五〇〇余名の霊を慰めるため、
以外にはないはずだが

人はいつから
迷いの道に踏み込んだのか

わが方丈記　10、万歳

天皇陛下万歳！
と叫びながら
若者たちが戦場に散る時代があった

そして
すべてが焼失し　瓦礫の上で気がついた
天皇も都市も万歳ではないのだと

ところが日本人は　いつのまにか
おいしいもの万歳！

に乗り換えて暮らしている

それでいいのだろうか
それしかないのか
幾千年の昔から　にんげんは知っているのに

この地上に万歳はない
アダムとエバが難民として旅立った時から
有るのは飢餓の道だけなのだ、と

日本人なら　せめて
うしろ姿の　しぐれてゆくか、*である

* 種田山頭火

わが方丈記　11、桶屋

風が吹けば桶屋が儲かる、
という
そのこころは——

強風で砂ぼこりが立つと　盲人が増える
盲人が弾く三味線を作るため
猫の皮が必要となる
猫が減るとネズミ増え　桶をかじる
そこで桶屋が大繁盛、
というわけである

なるほど
因果の糸はもつれていない
盲人から三味線への飛躍も
当時はリアルだったのだろう
ネズミのかじるものが
なぜ桶でなくてはいけないのか
そこは庶民の日常感覚
あるいは詩的センス

今の文明社会では
ネズミにかじられることがないように
桶をプラスチックに代えてしまった
因果の糸は幾つか切れた

そこで　新しい慣用句——
風が吹けば大臣が儲かる
こころは？

わが方丈記　12、親子丼

ＮＨＫカメラが
早稲田大学の学生食堂に入っていた
とつぜん品不足になった鶏卵についての取材である
女子学生が話していた
「ここの親子丼が好きだったのに――」

狭い鶏舎に詰め込んでの集中管理
その光熱費や飼料の高騰
さらに鳥インフルエンザによる大量殺処分
鶏も

それにかかわる人たちも
何か目に見えない大きな力に
揺さぶりつづけられている

幼少の頃を思い出した
どこの農家も　庭や畑で
鶏たちを放し飼いにしていた
　永き日のにはとり柵を越えにけり[*1]
夕方になったら
青大将や獣どもを避けるため
軒下の高い巣に飛び上がって休んだ
朝になったら
高い声でみんなに夜明けを知らせるのだった
　白粥に宝珠とおとす寒卵[*2]

早稲田の学生たちよ
実はわたしも　親子丼が好きだ
「親子丼」という
言葉も好きなんだよ

＊1　芝不器男
＊2　谷野予志

後記にかえて

詩を生きる、ということ

1、「志」について

先にまとめた『詩を巡るノート』は、「詩とは何か」という基本的な問いを主なテーマとするものである。これは詩の定義を新しく塗り替えようとしたものではなく（そんなことはできない）、むしろ従来の考え方を繰り返し吟味し、確かめようとしたものである。これまでの戦後詩、それにつづく現代詩においては、当時の世直し運動や表現の前衛運動と相俟って、詩の本質のとらえ方もどこか揺らぎ、あいまいになってきた面があるからである。

その一つと思われる例をあげると、宮沢賢治の「雨ニモマケズ」。いま詩を書いている人たちは、これを「詩」と考えているだろうか。わたしの推測だが、このような作品にはあまり魅力を感じないし、書きたいとも思っていない、というところではなかろうか。詩ではない、とあっさり切り捨てる人もいるかもしれない。ところが、童話を含め賢治の作品の中で最もみんなに親しまれ、いざというとき多くの人に読まれるのは「雨ニモマケズ」である。これをどう受け止めたらいいだろう。

　わたしの考えでは、詩として優れているか、好きかどうかは別として、この作品は詩の一つの典型だと思う。理由は、作者の「志」が表現されている、最も直截的な自己表出だからである。中国の古典「詩経」（毛詩・序）に、「詩者志之所之也」（詩は志の之(ゆ)く所なり）とある。志とは、迷いや悔恨の多い今の自分を乗り越えて、ほんとうの自分に行きつきたいという、願い、祈り、である。したがって、富貴を求めようとする世俗的な願望とはむしろ対極にあるものである。

　美しいもの、善いものに出会いたい、合一したい。真なるもの、永遠なるものを垣間見たい、経験したい――。それはこの世が苦に満ちているからこそ、あるいは命に限りがあるからこそ、誰の胸にも湧き起こる超越への思いである。〈詩〉はそこに直接かかわっていると考える。

2、「真情」ということ

戦後詩から現代詩へとたどる中で、いまひとつ気になることがある。例えば高村光太郎の問題である。彼は戦中、「天皇あやふし／ただ此の一語が／私の一切を決定した……」と書き、時局に迎合するような活動をした。そのことが戦後きびしい批判を受け、東北の寒村にこもって反省を強いられることになる。光太郎だけではない。短歌の斎藤茂吉、画家の藤田嗣治、作曲家の古関裕而……。わたしが気になるのは、これらの芸術家たちがそろって各界の第一線級の人たちであることである。なぜだろう?

権力におもねるような表現を繰り返さないために、文学においてはまず批評と虚構が重視され、創作にあたっての知的処理が欠かせないものとされた。「何を書くかよりも、どう書くかが大事」という言い方も聞かされた。言葉をかえれば、詩が、散文（小説など）と同じ土俵で語られたということでもある。

この問題に関して、結局わたしがたどりついたところは、「詩は感動（作者の真情）を述べるもの」という、従来の考え方の確認だった。例えば、加藤典洋の『敗戦後論』その他にも学ぶところが多かった。

——文学は、誤りうる状態におかれた正しさのほうが、局外的な、安全な真理の状態におかれた、そういう正しさよりも、深いという。深いとは何か。それは、人の苦しさの深度に耐えるということである。文学は、誤りうることの中に無限を見る。誤りうるかぎり、そこには自由があり、無限があるのだ。
――

簡単に言えば、表現の上で誤りを犯すまいと知的予防線を張るよりも、いま正しいと思うところを率直に述べるほうがいい、それしかない、ということである。「正しい」を「より正しい」にするのは、「経験」の積み重ねである。言葉の操作ではない。

3、伝統詩歌に学ぶ

以下の二点に絞って考えてみたい。第一に、風土に根ざした日本語の「語彙(ごい)」に関して。季節ごとに違った風が吹き、違った花が咲き、それと見合った多彩な言葉の中でわたしたちは思考を深め、感性を磨いてきたのだった。松尾芭蕉は、「造化にしたがひて四時を友とす」と述べていた。例えば日本語の風の名前、雨の名前、色の種類など、なんと豊かなことだろう。『色の手帖』（小学館）では、「牡丹色」から始まって「鉛色」まで、通し番号で358色にも及ぶ。

また例えば英語で「I」と表記される一人称。日本語ではわたくし、わたし、おれ、僕……。さらに漢字、ひらがな、カタカナの表記の区別もある。それぞれに語感が違う。「吾輩は猫である」の「吾輩」なども、単純に「I」とは置き換えられない妙味をまとっている。

都市化され、グローバル化され、平準化されていく生活の中で、これらの日本語の多くが失われ、それに代わってカタカナ語（外来語）が日毎に勢いを増している。そのことを、水村美苗は『日本語が亡びるとき』（'08年筑摩書房）で取り上げ、かつて近代文学の頃の人人には見えていたもの、感じられていたものごとが、これからさき見えなくなってくるのではないかと憂えていた。単なるしゃべり言葉ではない、風土に根ざした書き言葉としての日本語を、詩を書くとき意識して大事にしたい。

第二に、詩歌の「型」の問題である。いま人人の人気は、詩よりも短歌や俳句のほうにあるという。それは定型のルールに導かれながら、言葉を選び、自分の呼吸も生かし、最後に見つけた言葉がコトンと形に納まるように仕上がった時の達成感が、格別なものだからであろう。そのような喜びが口語自由詩にもあるのだろうか。

もちろんある。それは目に見えないルール、言葉の無駄を徹底して省く、ということである。藤田正勝『哲学のヒント』（岩波新書）に引用された柳宗悦の、茶道について述べた文章が参考になる。

――用ゆべき場所で、用ゆべき器物を、用ゆべき時に用いれば、自（おの）ずから法に帰ってゆく。一番無駄のない用い方に落ち着く時、それが一定の型に入るのである。型はいわば用い方の結晶した姿ともいえる。――

この中の「器物」を「言葉」に置き換えたら、わたしの述べたい詩論となる。いのちは型（姿）を得て最も輝く。

4、「アニミズム」という思想

中学生になった頃だったと思うが、教科書に載っていた宮沢賢治の童話「どんぐりと山猫」に感動した覚えがある。わたしたちが日ごろ経験している生活の舞台、あるいはその続きの世界そのものだったからである。

敗戦前後の、四万十川流域の貧しい村。わたしは祖父母に連れられて山あいの畑に行き、また杣仕事で谷奥の森に入った。雑木林の森はいつも異界への入口である。不思議な香りが地肌をはう。不思議な音（声）がどこからともなく聞こえてくる。何か秘密を隠しているかのように、山はふと静まり返る。そんな冷気が忍び寄るなか、キノコを探したり、めったに行き当たることのないムクロジの木を見つけ、胸を高鳴らせてその実を拾ったり。ああ、これを学校に持って行き、友だちに分けてやろう、この実で（ビー玉の代わりに）ゲームをすることができる……。

「どんぐりと山猫」は、そんな森から、ある日「一郎」のもとに届けられた一枚のおかしなはがきをきっかけに展開される。森の中へ誘われていく。そこは、わたしにとってはまさに「アニミズム」の世界だった。

アニミズム——自然界のあらゆる事物に霊魂（アニマ）が宿ると信じる考え方。精霊崇拝。（明鏡国語辞典）

人間だけではなく、虫にも鳥にもけものにも、はては樹や岩にさえも霊魂が宿り、それぞれのコトバで交信し、高度な知恵を働かせて生きている。また、肉体は死んでも霊魂はそこから離れ再生する、という。科学技術に囲まれて生活している現代人にはぴんとこないところかもしれないが、このアニミズムの考え方は、単なる迷信、妄想の類ではなく、自然との共生の中から生まれてきた古代社会の世界観、いや、人類がさぐり当てた一つの思想といえるものではなかろうか。人が死んだら体は腐り、白骨化し、消滅していく。そのまま生き返ることは絶対ない。そのことは現代人よりもむしろ古代人のほうが直に見て知っている。そういう状況の中から出てきた再生の思想である。

特に動植物たちの生態は、近くで見れば見るほど不思議に満ちている。色や姿態の美しさ、多様さ。外界に対する感知力、反応力、その鋭さと巧妙さ……。このような知恵を「霊」と名づけるのは自然のことである。

若松英輔『霊性の哲学』の中に、鈴木大拙夫人、鈴木ビアトリス・レーンの次の言葉が引用されている。「――此れを祖先崇拝だと申して居りますが、……実際は追慕の念が最も高いところまで高められたものであります。」この「追慕の念」という言葉は分かりやすい。古代社会においては家族はもちろんだが、まず食べ物としての自然物、自分の生活を揺るがすほどの抜き差しならない関係を結ぶ存在として、それが失われた時は畏敬と追慕の念をもってとらえられていたのだろう。日常使っている道具類さえも、年を経て霊を宿す。縄文遺跡の貝塚、アイヌの人たちの熊送り、四季おりおりのさまざまな「供養」、みな霊の再生を祈る祭りである。

さて、ここで忘れてはいけないのは、現代においてもアニミズムの精神はさまざまな形をとって生きている、ということである。童話、童謡、絵本、アニメ、そして詩や舞踏……。これらは万物に宿る「いのち」を直観し、それらと共振しようとする営みではなかろうか。特に幼い子供たちは、人類の始まりの時のように、森羅万象に愛語で呼びかけているように思われる。

詩に関連してもう一つ大切なことを付け足すと、アニミズムの精神においては、例えば「宵待草」が「ヒト」の隠喩に（あるいはその逆に）なりえること、「落葉松」の林が「人の世」の隠喩に、「浅間嶺」のけぶりが「永遠なるもの」の隠喩になりえる、ということである。いやむしろ、隠喩の関係を読み取った時、そこに〈詩〉が成立する、というほうがいいかもしれない。このようにして、個は普遍に通じていく。世界は飛躍していく。

「詩と思想」（二〇二三年六月号）より

著者略歴
林　嗣夫（はやし・つぐお）

1936 年　高知県生まれ

詩集『教室』（1970 年）
　　『四万十川』（1993 年）
　　『あなたの前に』（2011 年）
　　『そのようにして』（2015 年）
　　『林嗣夫詩集』（2017 年、新・日本現代詩文庫 134）
　　『洗面器』（2019 年）
　　『ひぐらし』（2021 年、林嗣夫代表詩選）
詩論集『詩を巡るノート』（2022 年）

日本現代詩人会、日本詩人クラブ会員
詩誌「兆」同人

現住所　〒781-0011　高知県高知市薊野北町 3-10-11

詩集　わが方丈記（ほうじょうき）

発行　二〇二四年五月十日

著者　林　嗣夫
装幀　森本良成
発行者　高木祐子
発行所　土曜美術社出版販売
〒162-0813　東京都新宿区東五軒町三—一〇
電話　〇三—五二二九—〇七三〇
ＦＡＸ　〇三—五二二九—〇七三二
振替　〇〇一六〇—九—七五六九〇九
印刷・製本　モリモト印刷
ISBN978-4-8120-2823-0　C0092